AF451645

CATALOGUE

D'UNE JOLIE RÉUNION DE

TABATIÈRES

MINIATURES ET ÉMAUX

TELS QUE

Bonbonnières et Tabatières en écaille piquée, posée et coulée d'or, montées à cage en or;
Tabatières en jaspe et malachite;
Boîtes ornées de camées; autres, ornées de miniatures, émaux et mosaïques, etc.;
Étuis en jaspe, en agate orientale et en écaille piquée d'or;
Flacons en cristal de roche et en aventurine de Venise;
Émaux sur or des époques Louis XV et Louis XVI;

Miniatures. Portraits de personnages célèbres, par et d'après différents maîtres;
Fixés, etc.

MAGNIFIQUE JEU D'ÉCHECS EN IVOIRE SCULPTÉ, TRAVAIL FRANÇAIS

TRÈS-JOLI GROUPE EN MARBRE BLANC SCULPTÉ

ATTRIBUÉ A FALCONNET

PYGMALION ET GALATHÉE

DONT LA VENTE AURA LIEU

HOTEL DROUOT, SALLE 4

Le Jeudi 28 Mars 1861, à une heure.

Par le ministère de Me **CHARLES PILLET**, Commissaire-Priseur,
rue de Choiseul, 11,
Assisté de MM. **MANNHEIM**, experts, rue de la Paix, 10,
Chez lesquels se distribue le présent Catalogue.

EXPOSITION PUBLIQUE

Le Mercredi 27 Mars 1861, de une heure à cinq heures.

PARIS. IMPRIMERIE DE PILLET FILS AÎNÉ
RUE DES GRANDS-AUGUSTINS, 5

1861

CATALOGUE

D'UNE JOLIE RÉUNION DE

TABATIÈRES

MINIATURES ET ÉMAUX

TELS QUE

Bonbonnières et Tabatières en écaille piquée, posée et coulée d'or, montées à cage en or;
Tabatières en jaspe et malachite;
Boîtes ornées de camées; autres, ornées de miniatures, émaux et mosaïques, etc.;
Étuis en jaspe, en agate orientale et en écaille piquée d'or;
Flacons en cristal de roche et en aventurine de Venise;
Émaux sur or des époques Louis XV et Louis XVI;

Miniatures, Portraits de personnages célèbres, par et d'après différents maîtres;
Fixés, etc.

MAGNIFIQUE JEU D'ÉCHECS EN IVOIRE SCULPTÉ, TRAVAIL FRANÇAIS

TRÈS-JOLI GROUPE EN MARBRE BLANC SCULPTÉ

ATTRIBUÉ A FALCONNET

PYGMALION ET GALATHÉE 

DONT LA VENTE AURA LIEU

HOTEL DROUOT, SALLE 4

Le Jeudi 28 Mars 1861, à une heure.

Par le ministère de Mᵉ **CHARLES PILLET**, Commissaire-Priseur,
rue de Choiseul, 11,
Assisté de MM. **MANNHEIM**, experts, rue de la Paix, 10,
Chez lesquels se distribue le présent Catalogue.

EXPOSITION PUBLIQUE

Le Mercredi 27 Mars 1861, de une heure à cinq heures.

CONDITIONS DE LA VENTE

Elle sera faite au comptant.

Les adjudicataires payeront *cinq pour cent* en sus des enchères, applicables aux frais.

DÉSIGNATION

DES OBJETS

Tabatières et Bonbonnières

1 — Tabatière de forme carré-arrondi, montée à cage et doublée en or, ornée de six belles plaques en vernis de Martin, imitation de laque en relief doré du Japon, sur fond burgau.

2 — Tabatière carrée en écaille, doublée en or, ornée d'un médaillon ovale, peinture sur émail, personnage époque Louis XIV, dans un cadre carré à réverbère en or ciselé.

3 — Tabatière de forme oblongue, en écaille, doublée en or, le couvercle orné de trois beaux médaillons ovales, portraits de Louis XIV et de deux femmes célèbres de son règne, peints par Lambert, montés sur fond en or ciselé en relief à feuillages.

4 — Tabatière de forme oblongue, en écaille doublée en or;
le couvercle orné de deux petits portraits; homme et
femme en costume époque de Henri II, peinture à
l'huile, rehaussée d'or; montés sur fond en or ciselé
en relief, à ornements divers.

5 — Jolie tabatière de forme carré-arrondi, doublée et montée
à cage en or, ornée de belles plaques en écaille piquée d'or, à fleurs et ornements.

6 — Tabatière de forme carrée, pans coupés, montée à cage
et doublée en or, ornée de dix belles plaques en
écaille piquée d'or, à papillons, fleurs et insectes.

7 — Tabatière de forme carrée, montée à cage et doublée en
or, ornée de six jolies plaques en coulé d'or sur
écaille; paysages et animaux.

8 — Tabatière carrée, montée à cage et doublée en or, ornée
de six plaques en écaille piquée d'or, à papillons,
fleurs et insectes.

9 — Tabatière ovale en écaille doublée d'or, le couvercle en
coulé d'or; belle composition de fruits et de fleurs.

10 — Tabatière de forme oblongue élevée, en poudre d'écaille
rouge incrustée de beaux ornements et de guirlandes
de fleurs en or gravé; l'intérieur en doublé d'or.

11 — Tabatière de forme oblongue, en écaille, à sujet de chasse et ornements en or incrustés.

12 — Tabatière carrée en écaille, ornée de deux belles plaques en posé et piqué or sur fond écaille blonde; personnages dans le style de Watteau.

13 — Tabatière carrée en écaille, montée à gorge en doublé d'or, le couvercle orné de trophées d'armes en piqué d'or de la plus grande finesse.

14 — Tabatière de forme carré-long, en écaille, le couvercle orné d'un trophée d'armes et d'un sablé en piqué d'or.

15 — Tabatière ronde en écaille, couvercle orné d'un sujet tiré des fables de La Fontaine, en piqué d'or.

16 — Tabatière semblable à celle qui précède; le sujet seul diffère.

17 — Tabatière ronde en racine de buis, le couvercle orné d'un médaillon en piqué d'or sur écaille. Paysage.

18 — Tabatière carrée en écaille, l'intérieur en doublé d'or; le couvercle orné d'une plaque carrée en beau laque usé du Japon, Paysage.

19 — Tabatière carrée en écaille, le couvercle orné d'une plaque en laque usé du Japon, Enfants jouant.

20 — Boîte ovale en jaspe sanguin, à cuvette, montée à gorge en or à moulures.

21 — Tabatière de forme contournée en jaspe sanguin, à beaux ornements rocaille en relief gravés. Cette boîte n'est pas montée.

22 — Petite tabatière ovale en malachite, montée à gorge et doublée en or.

23 — Tabatière de forme carré-long, pans coupés, en malachite, montée à gorge en or.

24 — Tabatière carrée en écaille doublée en or ; le couvercle orné d'un beau camée : tête de femme, profil à droite, sur cornaline orientale à deux couches, signé Benelli, dans un cadre à réverbère en or gravé.

25 — Tabatière de forme carré long en écaille, montée à gorge en or ; le couvercle orné d'un camée sur agate d'Allemagne à trois couches : tête de femme, profil à droite, couronnée de lierre, dans un médaillon entouré d'un serpent en or.

26 — Tabatière ronde en écaille, à gorge en or ; le couvercle orné d'un camée coquille : buste de Jupiter.

27 — Bonbonnière ronde en or guilloché, doublée en écaille,
le couvercle orné d'une belle miniature : portrait de
Mlle de Fontanges, par Lambert.

28 — Tabatière ronde en écaille doublée en or, ornée d'un
beau médaillon ; fleurs gouachées par Van Pol, dans
un cadre octogone à réverbère en or ciselé en relief à
ceps de vigne.

29 — Tabatière ronde en écaille, ornée d'une miniature grisaille teintée : Conversation, par Klingstett.

30 — Tabatière carrée en écaille, ornée d'une miniature grisaille, genre Klingstett : deux religieuses et un chat.

31 — Tabatière carrée en écaille ; le couvercle orné d'une
belle miniature : Hébé et l'aigle de Jupiter, dans un
cadre à réverbère en or à filets d'émail bleu.

32 — Tabatière carrée en écaille doublée en or, ornée d'une
miniature : Louis XIV debout recouvert des insignes
de la royauté ; dans un cadre à réverbère en or à filets
d'émail bleu.

33 — Tabatière carrée en écaille, ornée d'une miniature :
Danaé.

34. — Tabatière carrée en racine de buis, ornée d'une miniature : Jeune femme désarmant l'Amour.

35 — Tabatière carrée en écaille doublée en or ; le couvercle orné d'un beau médaillon en or repoussé, par Kirstein : le prince Poniatowski à la bataille de Leipzig.

36 — Tabatière carrée en or, à ornements réservés sur fond d'émail noir.

37 — Tabatière carrée en écaille doublée en or.

38 — Tabatière carrée en écaille à gorge en or, ornée d'une mosaïque de Rome, épagneul couché, dans un cadre à reverbère en or ciselé en relief.

39 — Tabatière carrée en écaille, ornée d'une mosaïque de Rome, chien d'arrêt et carlin.

40 — Tabatière carrée en écaille, ornée d'une mosaïque de Rome, paysage et ruines.

41 — Tabatière ronde en écaille doublée en or, le couvercle orné d'une mosaïque de Rome, Turc fumant.

42 — Tabatière ronde en écaille, montée à gorge en or, ornée d'une mosaïque de Rome, paysage et fabriques, dans un cadre en or à fond sablé.

43 — Tabatière de forme carrée, pans coupés, en lave, montée en vermeil, le couvercle orné d'une mosaïque de Rome, corbeille de fleurs.

44 — Tabatière carrée en racine de buis, ornée d'une plaque
d'écaille piquée d'ornements.

45 — Tabatière ronde en écaille à filets d'or et à couvercle
monté sur pivot.

46 — Deux tabatières en écaille gullochée, l'une ronde et
l'autre ovale, seront vendues séparément.

47 — Cinq tabatières carrées, dont trois en écaille et deux en
racine de buis, ornées de fixés, intérieur d'église,
paysages et courses; qui seront vendues par lots.

48 — Six tabatières rondes en écaille, ornées de fixés, cava-
liers et paysages; qui seront vendues par lots.   .

49 — Deux tabatières rondes en écaille, ornées de gouaches,
la Fontaine des Innocents et le Château d'eau.

50 — Deux tabatières en racine de buis, l'une ronde, l'autre
carrée, ornées de fixé et miniature.

Objets divers.

51 — Magnifique groupe en marbre blanc sculpté, attribué
à Falconnet : Pygmalion et Galathée; charmante
composition. Socle ovale à moulures en marbre blanc.

Haut. totale, **58** cent.

52 — Très-beau jeu d'échecs et sa tablette en ivoire et pa-
lissandre. Les pièces, en ivoire sculpté de la plus
grande finesse, sont composées de bustes, figurines et
chevaliers armés de toutes pièces.

Nous recommandons ces deux objets à l'attention de
MM. les amateurs.

53 — Flacon plat en cristal de roche monté en or ciselé.

53 *bis.* — Un autre, à peu près semblable.

54 — Flacon en aventurine de Venise, monté en or.

55 — Deux petits flacons en verre taillé, montés en or et
bouchons ornés de petits coqs en or émaillé.

56 — Petit étui en jaspe héliotrope, monté en or à ornements
gravés.

57 — Etui en agate orientale, monté en or et à boutons ornés
de brillants.

58 — Carnet de poche orné de plaques en nacre de perle, encadrée de lapis lazuli; charnière et fermeture en cornaline, jaspe et lapis lazuli, Monture en or.

59 — Deux étuis à aiguilles, galonnés d'or, l'un en écaille piquée d'or, l'autre en laque Martin noir burgauté.

60 — Petite plaque carrée, angles coupés, en écaille piquée d'or; le Renard et le corbeau; dans une bordure d'or.

61 — Un étui contenant six bagues chevalières en or, dont trois enrichies de camées, les trois autres ornées d'intailles sur cornaline et Nicolo. Pourront être vendues séparément.

62 — Cinq petites mosaïques de Rome, animaux et monuments, qui seront vendues séparément.

63 — Boîte à jeu en racine de buis contenant ses fiches, jetons et contrats en nacre de perle gravée.

Émaux.

64 — Médaillon ovale; peinture sur émail, composition de six figures: Libations. Époque Louis XVI.

65 — Médaillon ovale ; peinture sur émail et sur or ; Intérieur ; dans une bordure carrée en or ciselé à rinceaux.

66 — Médaillon ovale ; portrait d'homme. Époque Louis XVI ; jolie peinture sur émail.

67 — Médaillon rond ; peinture sur émail et sur or ; portrait du roi Louis XV.

68 — Médaillon carré, angles coupés ; peinture sur émail ; Vénus couchée et Vulcain forgeant les flèches de l'Amour.

69 — Médaillon carré ; peinture sur émail ; jeune homme surpris dans son sommeil ; sujet d'après Klingstett.

70 — Médaillon hexagone ; peinture sur émail et sur or ; travail de Genève.

71 — Médaillon ovale ; jolie peinture sur émail ; fruits et fleurs.

72 — Portrait de Mme de Sévigné ; peinture à l'huile sur émail par Lambert, dans un cadre à réverbère en or ciselé.

Miniatures.

73 — Médaillon carré, angles coupés ; génies musiciens,
peinture en grisaille par Degault ; dans un cadre à
réverbère en or.

74 — Médaillon ovale ; portrait de jeune fille. Époque
Louis XIV, monture en or.

75 — Miniature carrée : portrait de grand seigneur. Époque
Louis XV.

76 — Miniature carrée ; portrait d'un électeur de Saxe.

77 — Petit portrait d'homme. Époque Louis XVI.

78 — Miniature ; femme couchée ; dans une bordure émail-
lée.

79 — Miniature ovale ; portrait de l'empereur Napoléon Ier.

80 — Miniature ovale ; portrait du roi Murat.

81 — Miniature ovale ; portrait du roi George IV d'Angle-
terre.

82 — Miniature ovale; portrait de l'empereur Alexandre Ier de Russie, peint par Parent en 1815.

83 — Miniature ovale; portrait du roi Ferdinand VII d'Espagne.

84 — Miniature ronde; portrait de Louis XVIII.

85 — Miniature carrée; portrait du duc de Wellington, peint par Parent, en 1816.

86 — Miniature ovale; portrait de Turenne, dans un cadre en or vert.

87 — Cinq fixés, sujets divers, qui seront vendus par lots.

PARIS. IMPRIMERIE PILLET FILS AÎNÉ, RUE DES GRANDS-AUGUSTINS, 5.